Die Duschtrennwand
Eine Geistergeschichte aus Dargun

Herold zu Moschdehner

Die Duschtrennwand

Eine Geistergeschichte aus Dargun

Bibliografische Information der Deutschen Nationalbibliothek
Die Deutsche Nationalbibliothek verzeichnet diese Publikation in der Deutschen Nationalbibliografie; detaillierte bibliografische Daten sind im Internet über http://dnb.d-nb.de abrufbar.

ISBN: 978-3-7693-1214-0

Vorwort

Manche Orte erzählen Geschichten, die wir lieber vergessen würden. Es gibt Wohnungen, die auf den ersten Blick unscheinbar wirken, in denen jedoch etwas lauert – eine unsichtbare Präsenz, die mehr gesehen hat, als ihr lieb ist.
Dies ist die Geschichte einer solchen Wohnung, eines unscheinbaren Badezimmers und einer Duschtrennwand, die mehr Geheimnisse birgt, als man ahnen könnte. Was geschieht, wenn ein Mensch im Tod eine Spur hinterlässt, eine Essenz, die nicht einfach vergeht? Wenn etwas im Verborgenen weiterlebt, aufmerksam und rastlos?
„Die Duschtrennwand" ist eine düster-humorvolle Erzählung, die zwischen Horror und Komödie pendelt und die Grenzen zwischen der Welt der Lebenden und der der Toten verschwimmen lässt. Betreten Sie die Geschichte mit Vorsicht – denn Sie wissen nie, wer oder was wirklich hinter dem Glas lauert.

Prolog: Der letzte Blick

Carsten stand im kleinen Badezimmer seiner Einzimmerwohnung und blickte auf den in die Jahre gekommenen Alibert-Spiegelschrank über dem Waschbecken. Der Spiegel war leicht beschlagen, trug die Spuren zahlloser Fingerabdrücke und wies kleine Flecken auf, die ihm einen trüben Glanz verliehen. Carsten hatte hier unzählige Male gestanden, hatte sich tagein, tagaus das gleiche Bild von sich selbst angesehen. Doch heute Abend wollte er sich, zum ersten Mal wirklich, im Spiegel sehen – in seiner Gesamtheit, mit all den Unsicherheiten und Makeln, die er normalerweise vermied.
Carsten war 33 Jahre alt, von kräftiger, etwas untersetzter Statur, ein stiller Mensch, der eher durchs Leben schlich als schritt. Er arbeitete in einem Logistikzentrum, wo er Kartons bepackte und stapelte, eine Arbeit, die weder aufregend noch erfüllend war. Sein Leben verlief in stillen Bahnen, ohne große Höhepunkte, und oft war er der „liebe, dicke Carsten" geblieben – der Kumpeltyp, verlässlich und freundlich, aber niemand, der auffiel. In der Liebe hatte er kaum Erfahrungen gesammelt. Noch nie hatte er eine Frau geküsst, geschweige denn eine intimer gekannt. Für viele hätte das vielleicht eine Last sein können, aber für Carsten war es ein still akzeptiertes Dasein geworden.
An diesem Abend jedoch, in einem Anflug von seltsamem Drang, beschloss er, sich selbst im Spiegel zu betrachten, und zwar im Ganzen. Er wollte sehen, wer er wirklich war, ohne all die

Zweifel und Scham, die ihn sonst begleiteten. Also stieg er vorsichtig auf den schmalen Rand der Badewanne und streckte sich, um einen besseren Blick auf sich selbst im Spiegel zu werfen.

In dem Moment, in dem sein Spiegelbild ihm das Bild seines gesamten Körpers zurückwarf, rutschte sein Fuß ab. Der Badewannenrand war glatt, und das Gleichgewicht entglitt ihm schneller, als er reagieren konnte. Plötzlich gab es nur noch das Rutschen, ein dumpfer Aufprall und den scharfen Schmerz, als sein Kopf gegen die Kante der Badewanne schlug. Die Welt drehte sich, und sein Bewusstsein begann langsam zu verblassen. Ein leises Dröhnen erfüllte seinen Kopf, das immer lauter und intensiver wurde, während sich die Dunkelheit über ihm schloss.

Irgendwann, es mochten Sekunden oder Minuten vergangen sein, erwachte ein Teil von ihm aus dieser Dunkelheit. Aber es war ein seltsames Erwachen, ein Bewusstsein ohne Körper. Carsten konnte sich nicht bewegen, nicht einmal blinzeln. Seine Sicht war starr und unbeweglich, auf etwas fokussiert, das ihm zuerst wie ein fremdes Objekt vorkam: die gläserne Duschtrennwand, die den Badewannenbereich von dem Rest des Badezimmers abtrennte. Das halb milchige Glas reflektierte das schwache Licht der Badezimmerlampe, und in diesem Augenblick erkannte Carsten, dass er – auf unheimliche Weise – ein Teil davon geworden war.

Ein Gefühl von Panik stieg in ihm auf, als er versuchte, sich zu rühren, einen Laut von sich zu geben, irgendetwas. Doch da war nichts – nur der stille, kalte Griff, der ihn in der

Duschtrennwand festhielt. Er konnte nur in eine Richtung blicken, unfähig, den Raum oder sich selbst zu sehen. Ein Schaudern der Einsamkeit durchfuhr ihn, als er die Situation langsam erfasste.

Stunden vergingen, oder vielleicht nur Minuten, doch das Zimmer lag still und gedämpft vor ihm, als ob es von einer merkwürdigen Stille umhüllt wäre. Irgendwann drangen entfernte Stimmen in sein Gehör, das so seltsam verzerrt und fern klang. Er hörte das Rauschen und Scharren von Füßen, gefolgt von gedämpften Worten, als ob jemand im Nebenraum sprach. Dann kamen Menschen herein – zwei Männer in schlichten Uniformen – die sich langsam, beinahe ehrfurchtsvoll, über etwas auf dem Boden beugten.

Carsten realisierte mit einer dumpfen Mischung aus Schock und Faszination, dass es seine eigene Leiche war, die dort lag. Der Mann, der ihn überprüfte, schüttelte den Kopf, und das Wort „verstorben" schwebte wie ein leises Echo durch den Raum. Carsten fühlte einen kalten Schauer in sich aufsteigen, eine Erkenntnis, die er weder wahrhaben wollte noch verleugnen konnte: Er war tot. Ein Leben, das in stillen Bahnen verlaufen war, endete an diesem unscheinbaren Abend mit einem leisen Sturz.

Die Männer packten ihn vorsichtig und trugen seine Leiche aus dem Raum, und plötzlich herrschte absolute Stille. Carsten war allein, eingeschlossen in diesem Stück Glas, unfähig, sich bemerkbar zu machen oder einen Laut von sich zu geben. Alles, was ihm blieb, war das milchige Licht und der kalte Griff der

Duschtrennwand, die nun seine neue Realität
war.
Er fühlte sich eingesperrt, wie ein Echo seines
eigenen Selbst, das sich in diesem kalten,
leblosen Objekt aufzulösen schien. Tage
vergingen, und er begann, sich in dieser
schrecklichen Einsamkeit zu verlieren, unfähig zu
begreifen, wie und warum er hier gelandet war.

Kapitel 2: Eingeschlossen im Glas

Die Tage verstrichen in einer endlosen Abfolge, jeder einzelne stiller und schwerer als der vorherige. Carstens Bewusstsein schien sich im Nichts aufzulösen, in einer unaufhörlichen Starre, in der keine Nacht und kein Tag vergingen. Es war eine ewige Dämmerung, in der sich sein Geist festsetzte – unfähig zu schlafen, unfähig, sich zu rühren oder den Blick zu wenden. Inmitten dieser stillen, geisterhaften Gegenwart begann Carsten, sich in seiner neuen Existenz als Teil der Duschtrennwand ein wenig zu orientieren, auch wenn die schiere Starre seiner Situation unerträglich war.

Er fragte sich, wie lange er schon hier war. Stunden? Tage? Vielleicht Wochen? Das Badezimmer, das kleine, beschlagene Fenster, die hellen Fliesen an der Wand, der schlichte Wasserhahn – jedes Detail brannte sich nach und nach in sein Bewusstsein ein, als wäre dies alles, was die Welt noch bot. Seine Welt bestand nur noch aus diesem Raum, und seine Existenz war zu einem eigenartigen, nicht greifbaren Zustand geworden. Er konnte die Zeit nicht messen, das Licht nicht sehen, den Wechsel von Tag und Nacht nicht wahrnehmen. Nur die Geräusche des Hauses drangen hin und wieder durch die Wände und Fliesen zu ihm. Es waren entfernte Geräusche – das Knarren der Rohre, ein entferntes Husten, Schritte im Flur. Manchmal meinte er, die Stimmen von Menschen zu hören, gedämpfte, ferne Laute, die aus der Tiefe seiner Isolation zu ihm drangen.

Dann, nach einer Ewigkeit in dieser seltsamen Zwischenwelt, vernahm Carsten eines Tages andere Stimmen – leise, gedämpfte Gespräche, die näher klangen als alles, was er bis dahin gehört hatte. Sie kamen nicht aus der Ferne, sondern direkt aus dem Badezimmer, in dem er gefangen war. Ein Mann und eine Frau unterhielten sich miteinander. Ihre Stimmen waren gedämpft, und doch konnte Carsten die Worte verstehen, als sie in den Raum traten.

„Also das ist die Wohnung", sagte die Frau, ein wenig zögerlich. „Hier ist er gestorben, habe ich gehört. Ein tragischer Unfall."

„Ja", erwiderte der Mann. „Aber das ist schon eine Weile her. Das Badezimmer müsste nur ein wenig renoviert werden. Ein neuer Duschvorhang vielleicht und frische Farbe an den Wänden, dann wird sich niemand mehr daran erinnern."

Carsten spürte eine seltsame Mischung aus Neugier und Empörung. Die beiden sprachen von ihm, von seinem Leben und seinem Tod, als wäre er ein beiläufiges Detail, eine Fußnote in einer Geschichte, die kaum jemanden interessiert. Sie behandelten seinen Tod mit der kalten Sachlichkeit, die Menschen oft für Dinge reservieren, die sie nicht begreifen oder nicht berühren wollen. Für einen kurzen Moment wollte er etwas sagen, ihnen zurufen, dass er noch hier war, dass er sie hören konnte – doch seine Stimme blieb stumm. Er war nur ein Geist im Glas, ein flüchtiger Hauch, der in der Stille des Raumes verharrte.

Die beiden begannen, das Badezimmer gründlich zu inspizieren, und Carsten sah zu, wie

sie mit prüfenden Blicken über die Wände und
Fliesen fuhren. Er beobachtete ihre Gesichter, ihre
Mimik und Gestik, und spürte eine seltsame
Faszination, die fast schon an Leben erinnerte.
Die Frau musterte den Duschbereich und sagte,
halb zu sich selbst: „Vielleicht müssen wir das Glas
ersetzen. Es hat so einen merkwürdigen Glanz.“
„Ach was“, erwiderte der Mann, „das ist völlig in
Ordnung. Niemand wird merken, dass hier etwas
geschehen ist. Wir machen es ein bisschen
schicker, und dann wird die Wohnung wieder wie
neu aussehen.“
Sie verbrachten den Rest des Nachmittags damit,
das Badezimmer zu reinigen und es von allen
Spuren seines vorherigen Lebens zu befreien.
Carsten fühlte sich mit jedem Gegenstand, den
sie entfernten, leerer, als ob sie Stück für Stück
das, was von ihm geblieben war, ebenfalls
mitnahmen. Am Ende des Tages war das
Badezimmer steril und kühl, seine persönlichen
Gegenstände durch neutrale, glatte
Oberflächen ersetzt. Der Alibertschrank, den er so
oft betrachtet hatte, wurde abmontiert, und in
der Ecke hing jetzt ein neuer Spiegel.
Nach wenigen Tagen kehrte Leben in die
Wohnung zurück, als ein junges Paar einzog.
Carsten beobachtete, wie sie ihre Sachen
auspackten und die Räume einrichteten, das
Badezimmer dekorierten und Stück für Stück den
Raum belebten, der ihm zuvor gehört hatte. Für
Carsten war es, als würde er das Leben aus einer
neuen, stillen Perspektive erleben – immer dabei,
aber nie wirklich sichtbar. Er sah sie lachen, sah,
wie sie ihre Tage planten, sich liebevoll ansahen,

manchmal auch kleine Streitereien austrugen, die ihre Beziehung zu belasten schienen.

Eine seltsame Nähe wuchs in ihm. Es war fast, als lebte er durch sie – durch ihre Worte, ihre Gesten und ihre kleinen Freuden und Sorgen. Er sah sich in ihrer Routine gefangen, sah, wie sie morgens in die Dusche traten und abends vor dem Spiegel standen. Das Badezimmer war für sie ein Ort des Alltäglichen, ein Raum ohne Bedeutung – und doch war es für Carsten der Mittelpunkt ihres Lebens, weil er nichts anderes hatte. Das Lachen, das die Frau oft beim Zähneputzen anstimmte, die leisen Streitereien über kleine Dinge, die sie beide störten, die zärtlichen Blicke, die sie austauschten – all das prägte sich tief in Carstens Geist ein und gab ihm ein Gefühl von Vertrautheit, das er in seinem früheren Leben nie gekannt hatte.

Aber zugleich wuchs auch die Frustration. Er spürte eine Unruhe, die tief in ihm keimte, ein Bedürfnis, sich ihnen bemerkbar zu machen. Zuerst hatte er es mit Geduld versucht, war stumm in seiner Existenz verharrt und hatte sich in das Beobachten geflüchtet, in die stille Rolle des Zeugen. Doch je mehr Zeit verging, desto mehr drängte sich der Wunsch in den Vordergrund, ihnen zu zeigen, dass er hier war, dass er sie sehen konnte, dass er mit ihnen lebte – oder vielmehr mit ihnen gefangen war. Es war ein quälendes Bedürfnis, fast ein Hunger nach einem Zeichen, nach einem einzigen Augenblick der Sichtbarkeit.

Carsten experimentierte in Gedanken, versuchte alles, was ihm einfiel. Er stellte sich vor, wie er das

Glas berührte, wie er mit ganzer Kraft seine Gedanken nach außen sandte, wie er sich eine Bewegung wünschte – nur ein winziges Zittern der Duschtrennwand, ein Knarren, das ihre Aufmerksamkeit erregen würde. Doch alles blieb still. Die Zeit floss weiter, und Carsten fühlte sich zunehmend in seiner Unsichtbarkeit verloren, als ob er in einem Gefängnis ohne Wände feststeckte.

Das Paar lebte ihr Leben weiter, ohne eine Ahnung davon zu haben, dass sie unter der ständigen Beobachtung eines Wesens standen, das verzweifelt nach einem Ausweg suchte. Es gab Momente, in denen Carsten das Lachen der Frau teilte, Augenblicke, in denen er fast mit ihr weinte, wenn sie bedrückt im Badezimmer stand und in den Spiegel sah. Und es gab Momente, in denen er sich ihrem Glück hingab und fast vergaß, dass er selbst nur ein stiller Beobachter war. Doch diese Momente des Mitgefühls, des Lächelns und der Traurigkeit wurden mit der Zeit von einem Gefühl der Leere überlagert, einer zunehmenden Frustration darüber, dass er nie mehr sein konnte als ein Schatten, ein Geist im Glas.

Es waren diese wiederkehrenden Gefühle, die ihn schließlich an einen Punkt trieben, an dem sich in ihm eine neue Energie sammelte. Eine Energie, die ihm bisher fremd gewesen war, die aber nun mit jeder Stunde in ihm wuchs – ein leises, dumpfes Brodeln, das sich in seinem Inneren ausbreitete. Ein unbändiges, tief sitzendes Gefühl, das er früher vielleicht nur in einem kurzen Anflug von Ärger gespürt hätte, das aber nun immer

größer wurde, bis es schließlich eine seltsame Wucht annahm.
Es war Wut – eine Wut, die ihm Wärme und Kraft verlieh, eine Kraft, die ihn mit jedem Tag stärker erfüllte und ihm das Gefühl gab, dass er etwas in dieser Welt bewegen konnte.

Kapitel 3: Der erste Ruck

Die Wut in Carsten wuchs unaufhaltsam. Sie war
anders als alles, was er jemals zuvor gefühlt hatte.
Früher war er ein ruhiger Mensch gewesen,
geduldig und eher passiv. Ärger und Frust waren
ihm nicht fremd, doch sie hatten nie die Form
angenommen, wie er sie jetzt spürte. Es war eine
aufgestaute, brennende Wut, die von Tag zu Tag
in ihm wuchs, sich verstärkte und ihn ausfüllte.
Und es war eine Wut, die mit einer ganz neuen,
tiefen Energie verbunden war.
Immer wieder versuchte Carsten, diese Energie zu
bündeln, spürte, wie sie durch ihn strömte und in
jede Faser seines nicht mehr existenten Körpers
eindrang – oder besser gesagt, in jede Faser der
Duschtrennwand, die sein neues Gefängnis
darstellte. Er konnte fühlen, wie sich etwas in ihm
zusammenzog, als ob diese Wut die Macht hatte,
die Starre zu durchbrechen, die ihn festhielt.
Es war spät am Abend, als das junge Paar nach
einem langen Tag ins Badezimmer kam. Carsten
beobachtete, wie die Frau sich die Haare wusch
und der Mann in der Ecke des Raumes saß, ein
Handtuch um die Schultern gelegt. Sie sprachen
miteinander, lachten, und Carsten spürte einen
Hauch von Eifersucht, ein bitteres Gefühl, das sich
tief in ihm einnistete. Diese Menschen hatten
etwas, das ihm verwehrt war – das Leben, die
Liebe, die Möglichkeit, miteinander zu sprechen
und zu berühren.
In diesem Moment konnte er die Wut nicht länger
unterdrücken. Es war, als ob eine gewaltige Welle
in ihm aufstieg, eine Energie, die sich nicht mehr

zurückhalten ließ. Carsten konzentrierte sich auf diese Wut, ließ sie zu einer einzigen, konzentrierten Kraft in ihm werden. Er stellte sich vor, wie sie durch die Duschtrennwand strömte, wie sie sich zu einer Bewegung verdichtete, zu einem einzigen, kraftvollen Impuls.

Und dann geschah es.

Mit einem kaum wahrnehmbaren Knarren bewegte sich die Duschtrennwand einen winzigen Spalt. Es war ein kleines Rucken, doch für Carsten war es ein gewaltiger Durchbruch. Er spürte, wie die Energie, die sich in ihm angestaut hatte, endlich ihren Weg gefunden hatte. Zum ersten Mal seit seinem Tod hatte er es geschafft, die materielle Welt zu beeinflussen. Es war ein minimaler Ruck, ein Zittern des Glases – doch es war mehr als alles, was er sich je zu erhoffen gewagt hatte.

Die Frau, die gerade dabei war, das Wasser aus ihren Haaren zu wringen, hielt plötzlich inne und starrte zur Duschtrennwand. Ein Ausdruck von Irritation trat auf ihr Gesicht, als sie das leichte Zittern des Glases bemerkte. Sie runzelte die Stirn und schaute kurz zu ihrem Freund, der sie verwundert ansah.

„Hast du das gesehen?" fragte sie, ihre Stimme nur ein Flüstern.

Der Mann blickte ebenfalls zur Duschtrennwand, doch er schien nichts Ungewöhnliches zu bemerken. „Was meinst du?"

„Ich dachte …" Sie zögerte, als ob sie selbst nicht sicher war, ob sie das wirklich gespürt hatte. „Es hat sich bewegt. Vielleicht war es nur der Wasserdampf oder …"

„Ach, das war sicher nichts", sagte der Mann und zuckte mit den Schultern. „Das Ding ist schon ein paar Jahre alt. Vielleicht ist es einfach nicht mehr ganz fest."

Die beiden schenkten dem Glas keine weitere Beachtung und setzten ihr Gespräch fort, als ob nichts geschehen wäre. Doch für Carsten war dieser winzige Moment eine Offenbarung. Die Wut, die sich in ihm aufgebaut hatte, hatte tatsächlich etwas in der realen Welt bewegt. Es war ein minimaler Erfolg, aber er war ein Durchbruch. Das Zittern der Duschtrennwand war für ihn das erste Anzeichen dafür, dass er nicht völlig machtlos war – dass er in der Lage war, auf diese Welt einzuwirken, selbst wenn es nur in kleinen, kaum sichtbaren Gesten geschah.

In den darauffolgenden Tagen versuchte Carsten immer wieder, diese Wut zu nutzen, sie zu bündeln und als Energiequelle zu verwenden. Es war ein schmerzhaft langsamer Prozess, ein ständiges Spiel mit seiner eigenen Geduld und seinem inneren Antrieb. Manchmal gelang es ihm, das Glas ein wenig zu rucken, manchmal blieb es völlig still. Doch jedes kleine Zittern, jedes minimale Wackeln der Duschtrennwand gab ihm das Gefühl, dass er der realen Welt ein Stück näherkam.

Langsam begann er zu verstehen, dass seine Emotionen die Quelle dieser Energie waren. Die Wut, die Traurigkeit, die Eifersucht – sie schienen ihm die Fähigkeit zu geben, die Materie zu beeinflussen, die ihn gefangen hielt. Es war, als ob die Emotionen sein einziger Kanal zur

Außenwelt waren, der einzige Weg, mit der realen Welt zu interagieren.

Im Laufe der Wochen experimentierte Carsten mit dieser neuen Fähigkeit. Wann immer das Paar im Badezimmer war, beobachtete er sie und versuchte, die Gefühle in sich hochzukochen, die ihm diese Kraft gaben. Er ließ die Eifersucht aufsteigen, wenn sie sich liebevoll ansahen. Er ließ die Traurigkeit zu, wenn die Frau bedrückt in den Spiegel schaute, und er konzentrierte sich auf die Wut, die ihn jedes Mal durchzuckte, wenn sie das Badezimmer verließen und ihn wieder in der Stille zurückließen.

Mit jedem kleinen Erfolg fühlte Carsten, wie die Welt ein wenig greifbarer wurde. Er lernte, das Zittern und Wackeln zu steuern, auch wenn es nur Bruchteile von Sekunden anhielt. Doch für ihn waren diese Momente kostbar – sie gaben ihm das Gefühl, dass er vielleicht eines Tages mehr erreichen könnte, dass er vielleicht irgendwann die Fähigkeit entwickeln könnte, richtig Einfluss auf die Welt zu nehmen.

Und so begann er, in seiner neuen Rolle als „Geist im Glas" zu experimentieren. Er versuchte, das Paar zu verunsichern, ihre Aufmerksamkeit zu erregen, ihnen das Gefühl zu geben, dass sie nicht allein waren. Wenn sie das Badezimmer betraten, ließ er das Glas vibrieren, ein leichtes Zittern, das sie stutzen ließ, bevor sie weitermachten. Manchmal ließ er das Glas einen leisen Ton von sich geben, ein Knarren, das in der Stille des Badezimmers widerhallte. Es waren subtile, fast unmerkliche Geräusche – doch für

Carsten waren sie eine Möglichkeit, seine Existenz zu spüren.

Für das Paar jedoch war es zunächst nichts weiter als eine Laune der alten Bausubstanz. Sie schrieben die Geräusche dem Alter der Wohnung zu und schenkten ihnen keine weitere Beachtung. Doch Carsten wusste, dass er mit jedem kleinen Ruck, mit jedem Knarren und Zittern einen Schritt näher kam. Jeder kleine Erfolg machte ihn stärker, ließ die Emotionen in ihm aufsteigen und ihm die Möglichkeit geben, diese kleine Welt zu beeinflussen.

Und während er weiter experimentierte, wuchs in ihm ein Gedanke, der ihm immer wieder durch den Kopf ging: Was, wenn er es schaffen könnte, noch mehr Einfluss zu nehmen? Wenn er diese Kraft in sich weiter steigern könnte, wenn er seine Kontrolle über das Glas ausweiten könnte? Die Vorstellung, dass er eines Tages in der Lage sein könnte, nicht nur ein kleines Zittern, sondern vielleicht sogar eine richtige Bewegung hervorzurufen, erfüllte ihn mit einer dunklen, beinahe triumphalen Hoffnung.

Noch war er ein Geist, gefangen im Glas, ein Zuschauer in seinem eigenen Schattenleben. Doch vielleicht – eines Tages – würde er die Möglichkeit haben, mehr zu sein.

Kapitel 4: Die Macht des Zorns

Die Wochen vergingen, und Carsten vertiefte sich immer mehr in sein düsteres Spiel mit der Wut und der Traurigkeit. Diese Gefühle waren zu seinem einzigen Antrieb geworden, die einzigen Kräfte, die ihm halfen, sich ein kleines Stück der Außenwelt zu erobern. Während er sich weiter in die Emotionen hineinarbeitete, bemerkte er, dass die Reaktionen des Paares allmählich intensiver wurden. Sie wirkten zunehmend verunsichert, als sich das Zittern der Duschtrennwand und die leisen, unheimlichen Knarrgeräusche häuften. Der Mann zog sich nun häufig besorgt die Augenbrauen zusammen, wenn er ins Badezimmer kam, und die Frau warf dem Glas immer wieder misstrauische Blicke zu. Carsten genoss diesen Hauch von Nervosität, den er durch seine subtilen Manipulationen hervorrief. Es war ein Gefühl der Macht, ein winziger Funken der Kontrolle, den er lange verloren geglaubt hatte.

Eines Abends, als das Paar das Badezimmer gemeinsam betrat, spürte Carsten eine besonders starke Emotion in sich aufsteigen. Die Frau stand im Bademantel vor dem Spiegel und bürstete sich die Haare, während der Mann ihr mit einem charmanten Grinsen von der Seite etwas zuflüsterte. Sie lachte, ihr Blick glühte vor Zuneigung, und er küsste sie sanft auf die Stirn. Es war ein Bild des Friedens und der Zärtlichkeit – etwas, das Carsten nie gekannt hatte und was ihm nun mit einer schmerzhaften Klarheit bewusst wurde.

In diesem Moment traf ihn eine so heftige Welle der Eifersucht und Wut, dass ihm fast schwindlig wurde. Er wollte sich bemerkbar machen, wollte, dass sie seine Anwesenheit spürten, dass sie sich seiner bewusst wurden. Er konzentrierte sich mit aller Kraft auf das Glas, bündelte seine Energie in einem einzigen, kraftvollen Gedanken und ließ die Wut wie ein Strom durch sich hindurchfließen. Das Zittern der Duschtrennwand war diesmal kein sanftes Ruckeln – es war ein lautes, durchdringendes Knarren, als ob das Glas selbst unter der Last seiner Gefühle zu brechen drohte. Die Frau schrie erschrocken auf und trat einen Schritt zurück, während der Mann ebenfalls zusammenzuckte und das Glas anstarrte.

„Hast du das gesehen?" fragte sie mit einer Mischung aus Angst und Verwirrung in ihrer Stimme.

„Das war … das war merkwürdig," murmelte der Mann und ging näher an die Duschtrennwand heran. Er legte vorsichtig die Hand auf das Glas, als wolle er prüfen, ob es irgendeine Erklärung für das Geräusch gab. „Vielleicht ist irgendetwas mit der Halterung nicht in Ordnung."

Die Frau zögerte, bevor sie sich wieder entspannte. „Ich will einfach nicht, dass es hier … dass es hier spukt oder so. Das Ganze macht mir Angst."

Carsten fühlte einen Hauch von Triumph in sich aufsteigen. Zum ersten Mal hatte er es geschafft, die beiden ernsthaft zu verunsichern. Sie hatten ihn gespürt, auch wenn sie keine Ahnung hatten, wer oder was er war. Die Macht seiner Wut hatte ihnen einen flüchtigen Eindruck seiner

Anwesenheit gegeben, und das Gefühl dieser Kontrolle erfüllte ihn mit einem ungewohnten Stolz. Zum ersten Mal seit seinem Tod fühlte er sich nicht mehr wie ein unsichtbarer Beobachter – er war ein Teil ihrer Realität geworden, ein unsichtbares Wesen, das sie beeinflussen konnte.

In den darauffolgenden Tagen begann Carsten, seine Fähigkeiten weiter auszubauen. Er nutzte jede Gelegenheit, die Wut in sich aufsteigen zu lassen und sie zu einem Punkt zu bündeln, an dem sie ihn durchdrang und dem Glas ihre Energie verlieh. Das Zittern der Duschtrennwand wurde häufiger, die Geräusche intensiver, und die Reaktionen des Paares wurden zunehmend panischer. Sie begannen, sich unwohl in ihrem eigenen Badezimmer zu fühlen, schauten sich nervös um, als ob sie ständig eine Präsenz spürten, die sie nicht greifen konnten.

Eines Abends bemerkte Carsten sogar, dass die Frau zögerte, das Badezimmer alleine zu betreten. Sie schaute sich um, als ob sie erwartete, dass etwas oder jemand aus den Schatten treten könnte, und ihr Blick verriet ein Unbehagen, das sie nur schwer verbergen konnte. Der Mann versuchte sie zu beruhigen, doch auch ihm war das Unbehagen ins Gesicht geschrieben.

Carsten ließ die Wut in sich weiter wachsen. Es war, als ob diese Emotion zu einem unerschöpflichen Strom geworden war, der ihn mit einer Energie erfüllte, die ihm zuvor unbekannt gewesen war. Die Eifersucht, die Einsamkeit, die Verbitterung darüber, dass er nur ein Gefangener in dieser kalten, starren Welt war,

machten ihn stärker. Und mit jeder neuen
Bewegung des Glases, mit jedem leisen Knarren
und Zittern, das durch das Badezimmer hallte,
fühlte Carsten, dass er sich der vollständigen
Kontrolle über seine Umgebung ein Stück
näherte.

Eines Nachts, als das Paar nicht in der Wohnung
war, beschloss Carsten, seine Grenzen weiter
auszutesten. Er sammelte die Wut in sich,
konzentrierte sich auf die Duschtrennwand und
stellte sich vor, dass er sich vollständig bewegen
konnte, dass er die Grenzen seines
Glasgefängnisses überwinden konnte. Die
Energie, die er dabei freisetzte, war so stark, dass
das gesamte Glas leicht vibrierte, ein sanftes
Summen, das durch den Raum schwebte und die
Stille durchschnitt.

Zum ersten Mal glaubte Carsten, dass er es
schaffen könnte, mehr als nur ein kleines Zittern
hervorzurufen. Er stellte sich vor, wie das Glas
einen Riss bekam, wie die Grenzen des Materials
unter der Last seiner Wut nachgaben. Die
Vorstellung erfüllte ihn mit einem düsteren
Triumph – als ob er endlich ausbrechen könnte,
als ob er die Macht hätte, seine eigene Existenz in
dieser starren Welt zu verändern.

Die Geräusche und das Zittern wurden stärker, bis
plötzlich ein leises, knackendes Geräusch zu
hören war. Ein kleiner Riss formte sich in einer Ecke
der Duschtrennwand, kaum sichtbar, doch für
Carsten war es ein gewaltiger Schritt. Der Riss war
wie ein Tor zu einer neuen Ebene seiner Existenz,
ein Zeichen dafür, dass er sich weiterentwickelte,

dass seine Wut und sein Wille die Realität beeinflussen konnten.

Als das Paar später zurückkam, bemerkten sie den Riss sofort. Die Frau sah ihn erschrocken an und schüttelte den Kopf. „Ich will hier nicht mehr sein", sagte sie mit zitternder Stimme. „Irgendwas stimmt hier nicht, ich spüre das."

„Vielleicht sollten wir einen Handwerker holen", murmelte der Mann und wich dem besorgten Blick seiner Partnerin aus. Doch auch er schien zu spüren, dass etwas Unnatürliches in der Wohnung lauerte, etwas, das sie nicht greifen konnten.

Für Carsten war das ein Triumph. Endlich spürten sie, dass er da war, auch wenn sie keine Ahnung hatten, was ihnen solche Angst machte. Es war nicht mehr nur das Zittern des Glases oder das Knarren, es war ein Riss – ein sichtbares Zeichen seiner Macht, ein Zeugnis dafür, dass er nicht einfach nur ein unsichtbarer Beobachter war.

In den kommenden Tagen versuchte Carsten, den Riss zu erweitern, seine Kraft zu steigern und seine Wut weiter zu bündeln. Doch etwas in ihm begann sich zu verändern. Die Wut, die ihn anfangs motiviert hatte, verwandelte sich allmählich in eine dunklere, gefährlichere Kraft – eine Macht, die ihn nicht mehr nur antreiben, sondern regelrecht verzehren wollte. Es war, als ob die Wut ein Eigenleben entwickelte, als ob sie ihm das Gefühl von Kontrolle gab, das sich jedoch immer mehr wie eine fremde, unheimliche Präsenz anfühlte.

Mit jeder Nacht wurde Carsten stärker, und die Grenzen seines Gefängnisses schienen sich weiter aufzulösen. Doch mit dieser Macht kam eine

neue, beängstigende Lust – die Lust, nicht nur ein
unsichtbarer Geist im Glas zu sein, sondern eine
echte Kraft, die die Welt verändern und
kontrollieren konnte.

27

Kapitel 5: Die Lust und der Zorn

Mit der Zeit wurde Carstens stille Existenz in der Duschtrennwand zu einem einzigen, intensiven Spektrum aus Wut, Eifersucht und etwas Neuem – einem Gefühl, das er bisher nie gekannt hatte. Durch das Leben des jungen Paares, das fast täglich durch seine Welt schwebte, bekam Carsten einen intimen Einblick in Momente, die ihm früher immer verborgen geblieben waren. Er sah sie in Situationen, die niemand je mit ihm geteilt hatte: Die Frau, die sich nach dem Duschen abtrocknete, ihren Körper vor dem Spiegel betrachtete und sich die Haare kämmte. Der Mann, der sie lächelnd ansah, manchmal nackt neben ihr stand und sie berührte, ihr Dinge zuflüsterte, die Carsten nicht hören konnte. Diese Momente schienen für das Paar so natürlich, so vertraut. Doch für Carsten war es, als wäre er in eine fremde, faszinierende Welt eingedrungen – eine Welt, die ihn mit einer Mischung aus Neugier, Scham und einer tiefer werdenden Faszination erfüllte.

Es gab Abende, an denen er die Frau ansah, wie sie sich nach dem Duschen das Gesicht eincremte, wie ihre Haut leicht schimmerte und das Wasser in glänzenden Tropfen auf ihr lag. Ihre Bewegungen waren langsam und sorgsam, sie streifte sich mit einem Handtuch über die Arme und Beine, und ihre Haare, noch feucht, hingen in lockeren Strähnen über ihre Schultern. Carsten hätte sich abwenden wollen – es war ein Anblick, der ihm fast zu viel war, etwas, das ihm eine Art seltsamen Schmerz bereitete. Doch er konnte nicht anders, er sah hin, und jeder Blick vertiefte seine Sehnsucht.

Diese intimen Momente lösten in Carsten eine wilde Mischung an Gefühlen aus, die in ihm brodelten und ihn quälten. Er war neugierig, fasziniert und – wenn er ehrlich zu sich war – regelrecht besessen. Es war ein Verlangen, das aus der dunklen Einsamkeit seiner Existenz geboren wurde, eine Lust, die ihn ausfüllte und ihm ein schmerzhaftes Gefühl der Nähe und Ferne zugleich gab. Sein neues Leben in der Trennwand, diese kalte, stumme Starre, die ihn in seinem Gefängnis festhielt, machte jede kleinste Empfindung noch intensiver. Er konnte nichts fühlen, nichts spüren, doch das Bild der Frau in ihrer Nacktheit, ihre kleinen Gesten, die ihn in ihrer Zärtlichkeit quälten, blieben in seinem Gedächtnis haften.

Und mit dieser Lust kam erneut die Wut. Sie wuchs und wuchs, bis sie sich in einem Moment reiner, rasender Energie entlud. Eines Nachts, als er die beiden beobachtete, wie sie lachend ins Badezimmer kamen, spürte er, wie seine gesamte Konzentration, all die angestaute Wut, sich in einen einzigen Impuls verwandelte. Es war, als ob seine Gedanken zu einem Strahl aus purer, ungezügelter Energie wurden, die durch ihn floss und das Glas der Duschtrennwand erzittern ließ. Dieses Mal war das Zittern kein leises, harmloses Rucken. Die Duschtrennwand vibrierte und bewegte sich so heftig, dass das Paar erschrocken zur Seite trat. Die Frau ließ das Handtuch fallen und starrte mit großen Augen auf die Trennwand, die wie ein lebendiges Wesen

zitterte und schien, als wollte sie sich selbst
befreien.
„Hast du das gesehen?" flüsterte sie, ihre Stimme
bebend vor Angst und Verwirrung.
Der Mann legte schützend eine Hand auf ihre
Schulter. „Ich habe keine Ahnung, was hier los ist.
Vielleicht ist etwas mit der Wand nicht in
Ordnung? Das ist doch … unmöglich." Doch in
seinen Augen stand der gleiche Schrecken, die
gleiche Furcht, die die Frau erfüllte.
Carsten spürte einen Triumph in sich aufsteigen.
Zum ersten Mal hatte er nicht nur das
Badezimmer, sondern die Menschen darin
erschüttert. Sie sahen ihn nicht, doch sie spürten
ihn – ein unsichtbares, unbekanntes Wesen, das
ihre Nähe suchte und die Stille des Raumes mit
seiner Wut durchbrach. Ein Schauer lief durch ihn
hindurch, ein Gefühl des Machtgewinns, das ihm
die Luft zum Atmen nahm, auch wenn er keine
Lungen und keine Kehle mehr hatte, um Luft zu
holen.
Die nächsten Tage waren von einem neuen Spiel
geprägt, einem Spiel, das ihn mit einer tiefen,
beinahe schon düsteren Befriedigung erfüllte.
Wann immer die Frau das Badezimmer betrat,
ließ er das Glas leicht zittern, ließ es leise Knarren
und Schwanken, gerade so, dass sie sich
beobachtet fühlte. Er genoss die Momente, in
denen sie in ihre Alltagsroutine zurückkehrte, nur
um erneut von einem leisen Ruck des Glases
verunsichert zu werden. Ihre Blicke verrieten eine
Mischung aus Furcht und Faszination, und
Carsten wusste, dass sie ihn spürte, auch wenn sie
ihn nie sehen konnte.

Doch seine Frustration wuchs weiter, denn mit jedem kleinen Triumph, mit jeder subtilen Bewegung des Glases, mit jedem Moment, in dem er die Frau in ihrer Intimität beobachtete, verlangte sein Geist nach mehr. Es war, als ob die Wut und die Lust zu einer unausweichlichen Spirale geworden waren, einer Spirale, die ihn immer tiefer in eine Art finsteres, hungriges Verlangen zog.

Eines Nachts, als die Wohnung leer war und die Stille in seinem Gefängnis drückend wurde, spürte Carsten eine Veränderung. Die Wut, die ihn sonst wie ein dicker, heißer Nebel erfüllte, wich einer anderen, kühleren Kraft. Es war ein Verlangen nach Kontrolle, nach Dominanz. Es war keine flüchtige Lust, sondern ein Verlangen, das ihm das Gefühl gab, dass er mehr konnte, dass er in der Lage war, die Welt um ihn herum stärker zu beeinflussen.

In dieser Nacht konzentrierte Carsten seine gesamte Energie auf die Duschtrennwand. Er ließ all die Gefühle, die sich in ihm aufgestaut hatten, zu einer einzigen, unbändigen Kraft anschwellen, die ihm fast die Sinne raubte. Die Duschtrennwand begann zu knistern und zu knarren, ein lautes, durchdringendes Geräusch, das durch die Stille des Badezimmers hallte. Und dann – mit einem letzten, verzweifelten, alles umfassenden Ruck – ließ er das Glas auf der rechten Seite ein wenig aus der Verankerung springen.

Es war nur ein kleiner Spalt, kaum mehr als ein Riss, doch für Carsten war es das erste Zeichen, dass seine Macht wuchs. Der Riss, der im Glas entstanden war, wirkte wie eine sichtbare Spur seines Zorns, eine Erinnerung daran, dass er in diesem Raum existierte, dass er einen Einfluss hatte, auch wenn er in seiner Existenz gefangen war.

Als das Paar am nächsten Morgen das Badezimmer betrat, entdeckten sie den Riss sofort. Die Frau schlug die Hände vor den Mund und starrte ihn mit geweiteten Augen an. „Es wird immer schlimmer," flüsterte sie mit einem Zittern in der Stimme. „Ich will hier nicht mehr sein."

Der Mann trat näher an das Glas heran und begutachtete den Riss. „Vielleicht sollten wir jemanden holen, der das repariert. Oder wir lassen die Trennwand komplett austauschen. Vielleicht … ist es wirklich nur das Glas."

Doch die Frau schüttelte nur den Kopf. Sie wollte den Gedanken nicht aussprechen, doch Carsten konnte sehen, dass sie Angst hatte, Angst vor etwas, das sie nicht sehen konnte, vor etwas, das nur ein unsichtbarer Schatten war. Und Carsten, in seiner neuen, wachsenden Macht, fühlte sich so lebendig wie noch nie.

Von da an nutzte er seine wachsende Kraft und ließ die Trennwand immer wieder wackeln, ließ das Glas gelegentlich leicht springen und den Riss ein wenig größer werden. Er hatte das Gefühl, dass er das Badezimmer nicht mehr nur heimsuchte, sondern dass er tatsächlich ein Teil davon war, ein lebendiger, wütender Geist, der die Realität formte.

Kapitel 6: Das Erwachen der Dunkelheit

Carstens wachsende Kontrolle über die Duschtrennwand wurde zu seinem einzigen Lebenszweck. Die Wochen vergingen, und er perfektionierte die feinen Risse, die er wie eine Signatur in das Glas meißelte, und das unheimliche Zittern, das den Raum durchflutete. Doch mit der Macht, die er immer deutlicher spürte, kam auch eine unbändige Dunkelheit. Seine ursprüngliche Frustration und Eifersucht waren zu einer intensiven Lust auf Kontrolle und Macht über das junge Paar geworden – eine Lust, die er jetzt mit jeder Bewegung des Glases befriedigte.

Eines Abends betrat die Frau alleine das Badezimmer. Carsten spürte, wie sein ungestilltes Verlangen nach Kontrolle aufbrandete, intensiver als je zuvor. Sie legte ihre Kleidung ab, trat unter die Dusche und schloss die Augen, während das warme Wasser über ihren Körper rann. Carsten starrte auf jede ihrer Bewegungen, auf jede winzige Regung ihres Körpers. Sie war ihm so nah, und doch war er gleichzeitig so fern. Diese Distanz, das Wissen, dass er nie direkt Teil dieser Welt sein konnte, zerriss ihn. Und dennoch fühlte er sich mächtiger als je zuvor. Ein Gedanke keimte in ihm auf: Was, wenn er mehr als nur stören könnte? Was, wenn er die Macht hätte, ihre Ängste Realität werden zu lassen?

Er ließ das Glas so heftig vibrieren, dass die Frau zusammenzuckte und das Wasser abstellte. Panisch schaute sie sich um und trat vorsichtig aus der Dusche. Carsten konzentrierte sich und ließ den Riss im Glas weiter aufbrechen, ein scharfes Knacken hallte durch den Raum. Sie sprang zurück, schützte instinktiv ihren Körper und rief nach ihrem Partner, der eilig ins Badezimmer stürmte.

„Es reicht! Ich halte das nicht mehr aus," rief sie ihm zu, ihre Stimme von Angst und Entsetzen geprägt.

Der Mann legte beruhigend die Hände auf ihre Schultern und versuchte, sie zu beruhigen. „Wir holen jemanden, der das repariert, okay? Vielleicht auch gleich eine komplett neue Duschtrennwand, wenn das hier dir solche Angst macht."

Doch Carsten spürte, dass ihre Angst nicht nur auf die Trennwand gerichtet war. Sie hatten eine vage Ahnung, dass hier etwas mehr lauerte – dass in diesem Badezimmer eine Präsenz war, die ihnen nachstellte. Und diese Angst, diese Ahnung, erfüllte Carsten mit einer tiefen, dunklen Befriedigung.

Als das Paar das Badezimmer verließ und die Tür hinter sich schloss, war Carsten allein zurückgeblieben. Die Stille war tief und schwer, doch sie war nicht mehr die unheilvolle Ruhe von früher. Sie war erfüllt von seiner Macht, von dem Echo seiner eigenen Existenz, das in jeder Faser der Trennwand pulsierte.

Mit der Zeit erlangte Carsten immer mehr Kontrolle. Er lernte, die Spannung im Glas zu steigern, bis es unter dem Druck zu knacken begann, und er testete die Grenzen seiner Fähigkeiten, indem er leise, bedrohliche Klopfgeräusche erzeugte. Die wachsende Macht war berauschend, und mit ihr kam ein Verlangen nach mehr. Das Gefühl, die Angst anderer zu kontrollieren, ließ in ihm eine neue Art von Dunkelheit aufsteigen.

Einige Tage später hörte er, wie das Paar den Entschluss fasste, jemanden zur Reparatur zu rufen. Die Vorstellung, dass ein Fremder kommen und die Duschtrennwand austauschen könnte, brachte ihn zur Weißglut. Er wollte nicht verschwinden, wollte nicht einfach durch eine neue Glaswand ersetzt werden. In seinem Zorn und seiner Entschlossenheit wuchs eine neue Idee: Was, wenn er selbst zur Gefahr für die Bewohner werden könnte? Was, wenn die Angst, die er gespürt hatte, nicht nur vage Andeutung blieb, sondern Wirklichkeit wurde?

In den nächsten Tagen ließ er das Badezimmer in Unruhe und Dunkelheit versinken. Das Paar vermied es immer mehr, das Bad zu betreten, und die Frau weigerte sich schließlich ganz, allein hineinzugehen. Sie hatten immer wieder das Gefühl, dass sie beobachtet wurden, dass etwas oder jemand im Raum lauerte und nur darauf wartete, zuzuschlagen. Carstens Präsenz füllte das Badezimmer wie eine unsichtbare Dunkelheit, die sich in die Wände und das Glas fräste, und mit jedem Moment fühlte er sich stärker und realer.

In einer Nacht, als das Paar schlief, konzentrierte er seine Energie auf die Duschtrennwand und ließ sie knacken und beben, bis das Glas splitterte und ein langer Riss durch die gesamte Trennwand zog. Der Lärm weckte das Paar auf, und sie stürmten ins Badezimmer, um

nachzusehen. Der Anblick der zerbrochenen
Trennwand ließ die Frau aufschreien, und Carsten
spürte ein unheimliches Gefühl der Befriedigung.
Am nächsten Morgen verließen sie die Wohnung
in Eile und ließen sie leer zurück. Carsten war
allein – allein in einer Wohnung, die still und
unbewohnt war. Doch die Dunkelheit und das
Verlangen nach Macht blieben in ihm lebendig.
Die Leere, die er zuvor gefürchtet hatte, füllte sich
nun mit einem neuen, gefährlichen Verlangen:
dem Wunsch, Kontrolle über jede Seele zu
gewinnen, die dieses Badezimmer jemals
betreten würde.
Und so wartete er, in der Dunkelheit seines neuen
Selbst.

Kapitel 7: Die Geister der Vergangenheit

Wochen vergingen, in denen Carsten allein im Badezimmer zurückblieb, mit nichts als der Dunkelheit und seiner unbändigen Wut. Die Wohnung stand leer, seine letzten „Mitbewohner" waren in Panik geflüchtet. Für die Vermieter wurde sie zu einem Rätsel; die Mieter beschwerten sich über merkwürdige Vorkommnisse, aber eine Lösung schien nicht in Sicht zu sein. Carsten jedoch spürte die Macht, die ihn durchflutete, eine stetig wachsende Energie, die durch seine Isolation nicht schwächer wurde, sondern sich immer mehr auflud. Es war, als ob die Abwesenheit von Menschen seine Wut nur verstärkte, ihn weiter in eine tiefere Dunkelheit zog.

Eines Tages öffnete sich die Tür, und Carsten fühlte eine neue Präsenz. Die Schritte waren schwer und entschieden, und dann hörte er, wie jemand seinen Namen sagte. Es war ein Mann mittleren Alters, der neugierig, fast fasziniert auf die Duschtrennwand blickte. Er hielt eine Mappe in der Hand, und Carsten spürte sofort, dass dieser Mann die Geschichte der Wohnung kannte.

„Also, du bist also immer noch hier, Carsten," murmelte er mit einem Lächeln. Es war kein gewöhnlicher Handwerker, sondern ein sogenannter Geisterjäger, der herbeigerufen worden war, um die „Präsenz" zu untersuchen. Carsten spürte seine Wut in ihm aufflammen; er wollte keinen weiteren Fremden, der ihn stören oder seine Macht infrage stellen könnte. Er konzentrierte sich, ließ das Glas zittern und ein Knacken durch den Raum hallen. Der Geisterjäger, der die Mappe auf den Waschtisch gelegt hatte, zuckte zusammen, doch seine Augen blieben fest auf die Duschtrennwand gerichtet.

„Du magst es wohl nicht, wenn man hier ist, was?" flüsterte er, und ein listiges Lächeln breitete sich auf seinen Lippen aus.

Carsten antwortete nicht. Seine Macht war gewachsen, und der Zorn in ihm war jetzt pur und kalt, wie ein Eissturm, der die Luft durchdrang. Der Geisterjäger näherte sich, strich mit den Fingern über das Glas, und Carsten spürte eine merkwürdige Verbindung. Der Mann schien seine Anwesenheit wahrzunehmen und ihn regelrecht herauszufordern. Doch statt Angst zu zeigen, schien der Geisterjäger regelrecht fasziniert.

„Weißt du, Carsten," begann er, als ob er eine Unterhaltung führen würde, „Seelen wie deine, die an einem Ort verharren, entwickeln oft einen Drang nach mehr. Ich habe solche Fälle oft erlebt. Sie enden selten gut."

In diesem Moment wusste Carsten, dass er diesen Mann als eine Art Feind betrachtete – jemand, der ihn nicht nur durchschaut hatte, sondern ihn auslöschen wollte. Der Geisterjäger machte Anstalten, das Glas mit einem seltsamen Pulver zu bestreuen, doch bevor er dazu kam, ließ Carsten das Glas heftig vibrieren und erschütterte die gesamte Duschtrennwand mit solcher Wucht, dass der Geisterjäger das Gleichgewicht verlor und zu Boden stürzte.

Carsten spürte die Genugtuung, die durch ihn strömte. Zum ersten Mal gelang es ihm, mehr als nur Angst zu verbreiten. Er hatte diesen Mann verletzt, und in seinem neuen Zustand war dies eine ganz neue Art von Triumph. Doch noch bevor der Geisterjäger wieder aufstehen konnte, raffte er sich keuchend auf und rannte aus dem Raum, zurück in die Stille, die Carsten wieder umhüllte.

Kapitel 8: Der erste Mord

Nach dem Vorfall mit dem Geisterjäger blieb die Wohnung erneut leer, doch das Interesse an ihr wuchs – Geschichten über eine „Spukwohnung" verbreiteten sich in der Stadt, und es dauerte nicht lange, bis neue Mieter neugierig wurden. Die ersten, die einziehen wollten, waren junge Leute, die die Gerüchte über paranormale Ereignisse spannend fanden und es als Nervenkitzel betrachteten, in einer „Geisterwohnung" zu leben.

Am Abend ihres Einzugs veranstalteten sie eine kleine Feier, lachten und scherzten und ahnten nicht, dass eine unsichtbare Präsenz mit Wut und Hunger in der Duschtrennwand lauerte. Carsten konnte die Leichtigkeit und Unbekümmertheit in der Luft spüren, und diese Gleichgültigkeit ihm gegenüber erfüllte ihn mit unbändigem Zorn.

Als einer der jungen Männer schließlich allein ins Badezimmer ging, ließ Carsten die Trennwand erzittern, das Glas knacken und ein unheimliches, hohes Kreischen erklingen. Der junge Mann zuckte zusammen und starrte die Duschtrennwand an, seine Neugier war von einem Hauch echter Angst verdrängt. Carsten spürte die Wut in sich aufsteigen, ließ die Trennwand erneut erbeben und den Riss, den er über Wochen hinweg vergrößert hatte, weiter aufbrechen.

Der junge Mann trat langsam rückwärts, der Schweiß stand ihm auf der Stirn, als er sich dem Spiegel zuwandte. In diesem Moment konzentrierte Carsten all seine Energie auf das

Glas, und mit einem ohrenbetäubenden Knall
brach ein großes Stück heraus und riss den
jungen Mann mit sich. Er fiel nach hinten, prallte
mit dem Kopf auf den Boden auf, und Blut
breitete sich auf den Fliesen aus.
Die anderen stürmten ins Badezimmer, schrien, als
sie ihren blutüberströmten Freund am Boden
liegen sahen, und rannten schließlich in Panik aus
der Wohnung. Carsten spürte eine unheimliche
Genugtuung. Sein Warten, seine Wut und sein
Verlangen hatten endlich das Unaussprechliche
möglich gemacht: Er hatte einen Menschen
getötet.

Kapitel 9: Die Geburt eines Monsters

Von diesem Moment an gab es kein Zurück mehr. Die Wohnung stand leer, doch das Interesse an der unheimlichen Duschtrennwand und den mysteriösen Vorfällen wuchs. Es dauerte nicht lange, bis neue Mieter, neugierige Geisterjäger und selbst ernannte Paranormal-Experten auftauchten, angelockt von den Gerüchten über das „verfluchte Badezimmer".
Und jedes Mal, wenn ein neuer Mensch die Wohnung betrat, nutzte Carsten seine Wut und seine neue Macht, um sie in Angst und Schrecken zu versetzen – und schließlich auch zu verletzen. Er lernte, seine Kräfte zu bündeln, das Glas zu manipulieren, die Dunkelheit im Raum zu verdichten und sie für seine finsteren Zwecke einzusetzen. Seine Lust auf Kontrolle, sein unstillbares Verlangen nach Macht wuchsen mit jedem neuen Opfer.
Es dauerte Monate, vielleicht Jahre, doch die Wohnung entwickelte eine düstere Berühmtheit. Die Menschen wussten, dass es hier spukte, doch die Geschichten um Carsten zogen die Neugierigen nur noch stärker an. Diejenigen, die das Badezimmer betraten, verließen es oft nicht lebend, und die wenigen, die entkamen, berichteten von einem unbeschreiblichen Gefühl der Bedrohung, das wie eine unsichtbare Faust über ihnen schwebte.
Mit jedem Opfer, mit jeder Seele, die er in seinem Reich aus Dunkelheit und Glas hielt, wurde Carsten stärker. Die Duschtrennwand wurde zu seinem Reich, zu einem Ort, an dem er nicht

mehr nur existierte, sondern herrschte – als unsichtbare, gnadenlose Präsenz, die keinen Einblick und keinen Fluchtweg erlaubte.

Epilog: Die Endlose Dunkelheit

Die Wohnung steht heute leer, versiegelt und vergessen. Die Geschichten über das „verfluchte Badezimmer" sind zu Legenden verkommen, und niemand wagt es, auch nur die Schwelle zu überschreiten. Doch wer genau hinhört, wenn der Wind durch die alten Rohre zieht, könnte vielleicht das leise Knarren und Zittern einer alten, gesplitterten Duschtrennwand hören.
Carsten, der unsichtbare Bewohner, wartet weiter, geduldig und wachsam. Denn er weiß, dass irgendwann jemand kommen wird, ein neuer, unwissender Mieter oder ein abenteuerlustiger Forscher, der die Geheimnisse der Wohnung lüften will. Und wenn dieser Tag kommt, wird er bereit sein – bereit, seine dunkle Macht erneut zu entfesseln und die nächste Seele in seine unheilvolle Welt zu ziehen.